답청

정희성 시집

답청 踏青

시 인 선 046

책만드는집

문단에 나온 지 사십 수년 만에 겨우 여섯 권의 시집을 간행했다. 그 가운데 다섯 권이 살아남아 서점에서 구해 볼 수 있게 된 것만도 지금 생각해보면 기적이다. 그러나 자비로 출판했던 첫 시집만은 세상에 없다. 출판사 '문학동네'에서 재간행했지만 그것도 이제는 구해볼 수 없게 되었다. 이것이 이 시집의 운명인지도 모르겠다. 하지만 어쩌다 찾는 이들이 있고 또 내가 필요해서 찾아보아도 구할 수 없게 되니, 잘났건 못났건 내 자식인데 유독 한 놈만 눈에 안 띄는 것이 못내 섭섭하였다. 그 일로 내가 속을 끓이는 줄 알고 '책만드는집' 주인 김영재 시인이 선뜻 책을 되살려주기로 하니 얼마나 고마운 일인가. 이로써 느지막이 자식을 새로 얻은 기분이다.

2014년 1월 삼각산 기슭에서
정희성

| 차례 |

2부

3부

1부

답청踏靑

풀을 밟아라
들녘엔 매 맞은 풀
맞을수록 시퍼런
봄이 온다
봄이 와도 우리가 이룰 수 없어
봄은 스스로 풀밭을 이루었다
이 나라의 어두운 아희들아
풀을 밟아라
밟으면 밟을수록 푸른
풀을 밟아라

얼은 강을 건너며

얼음을 깬다
강에는 얼은 물
깰수록 청청한
소리가 난다
강이여 우리가 이룰 수 없어
물은 남몰래 소리를 이루었나
이 강을 이루는 물소리가
겨울에 죽은 땅의 목청을 트고
이 나라의 어린 아희들아
물은 또한 이 땅의 풀잎에도 운다
얼음을 깬다
얼음을 깨서 물을 마신다
우리가 스스로 흐르는 강을 이루고
물이 제 소리를 이룰 때까지
아희들아

노천露天

삽을 깔고 앉아
시청 청사 위 비둘기 집을 본다
쩡쩡한 여름 하늘에
손뼉을 치며 날아오르는 비둘기 떼
그 너머 붉은 산비탈엔
엊저녁 철거당한 내 집터가
내 손의 흠집처럼 불볕에 탄다
손뼉을 쳐라
너는 숨죽여 울지 않아도 좋다
엊저녁 아궁지에 숨겨둔 불씨
땡볕에 주저앉은 풀포기만큼
비둘기야, 나는 울어도 좋으냐
엎드려서 짐승같이 울어도 좋으냐

백 씨白氏의 뼈 1

죽은 백 씨白氏의 뼈 속에서
휘파람 소리 들린다
그 생전에 불어 못 본 휘파람을
비바람이 대신 분다
죽어 오랜 김대건 신부의 뼈도 뼈지만
개뿔도 믿을 게 없던
그의 해골 악문 이 사이에서도
바람은 곧잘 치음齒音을 낸다
엊그제 들에서 주워 온 그 흰 뼈가
가슴 어디 붙어 있던 것인지
어느 쪽을 불어도 휘파람 소리를 내는
신기한 백 씨白氏의 뼈
살아 못 분 휘파람을
죽어 전신으로 부느니 백 씨白氏여

백 씨白氏의 뼈 2

그가 죽어서
뿔피리가 되어 있다
망우리 산 번지
인간의 거주지를 떠나
뿔피리가 아니고는
낼 수 없는 소리로 남아서
이 세상의 휘파람을 불고 있다
어디 누울 곳 없는 들판에서
밤을 지새우던 삭풍이
난데없이 그의 목뼈를 불고 있다

추석 달

어제는 시래깃국에서
달을 건져내며 울었다
밤새 수저로 떠낸 달이
떠내도 떠내도 남아 있다
광한전도 옥토끼도 보이지 않는
수저에 뜬 맹물 달
어쩌면 내 생애 같은
국물을 한 숟갈 떠 들고
나는 낯선 내 얼굴을 들여다본다
보아도 보아도
숟갈을 든 채 잠든
자식의 얼굴에 달은 보이지 않고
빈 사발에 한 그릇
달이 지고 있다

숙경이의 달

비가 온다
밤이 찬 바람에 스며서
어디인가 어디인가
가는 길을 씻고 있다
숙경이 생전의 하늘,
생전의 꽃밭도 쓸고
바람은 끝내 저문
길 하나를 데리고 승천한다
길이 날아간 영실靈室 추녀 끝
비는 그쳐서
죽음보다 깊고
죽음보다 쓸쓸하고
죽음보다 깨끗한
숙경이 앙가슴의 하늘에
비수처럼
달이 꽂혀 있다

병상에서

실패한 자의 전기를 읽는다
실수를 범하지 않기 위해서가 아니라
새로운 실패를 위해
누군가 또 부정하겠지만
너는 부정을 위해 시를 쓴다
부질없는 줄 알면서 시를 쓰고
부질없는 줄 알면서 강이 흐른다
수술을 거부한 너에게
의사는 죽음을 경고했지만
너는 믿지 않는다
믿지 않는 게 실수겠지만
너는 예언하지 않는다
예언하지 않아도 죽음은 다가오고
예언하지 않아도 강이 흐른다
네 죽음은 하나의 실수에 그치겠지만
밖에는 실패하려고 더 큰 강이 흐른다

제망령가祭亡靈歌
− 임자壬子 홍수에 죽은 넋 보냄

내가 이 비에 젖고서
또 무엇에 젖으려는가
천지엔 어둠도 많더라 물이여
씻고 씻어서 무엇을 남기려느냐
죽음은 죽음으로 흐르게 두고
물만이 물로서 흐르는구나
그러나 죽음이여
남는 것 저마다 저 홀로 있어
내 몸 외오 여기 남아
그대를 그대 홀로 흐르게 하는가

술

오늘 밤 이 술잔에 나를 담으려 한다
술로써는 취하지도 씻기지도 않을
내 피의 길고 긴 어둠길
서리서리 담아
혼신渾身의 술을 빚고자 한다
취한 자에게 길이 물려줄 것은 이 술뿐
마시는 자여 보라
여적餘滴 같은 내 몸이 새로 빚은 술
이 피의 즐거움, 이 피의 서러움으로
씻지 못할 삶을 씻어 밝히고자 한다

매헌梅軒 옛집에 들어

매헌梅軒 옛집에 들어 지난 일을 연애憐愛하노니
나라는 기울어
매화 향기 홀로 아득하고
찢어진 문풍지엔 바람과 비만 있구나
오늘 밤 덕산德山의 달이
아아라히 아름다운 이의 얼굴로 젖어 있고
이 나라여 외쳐 불러
눈물이 손에 가득하다
죽은 자여, 그대 넋이 아무리 홀로 있어도
불운한 시절에 다시 만나리라

유전流轉

우리가 물 가운데 모여
물과 함께 흐를 수 없는 것은
흐르지 못하는 우리네 마음이
오늘사 외오 외로울 이 없어도
우리가 떠도는 기름 같아서
한세상 겉도는 구름이 되니
때로는 성근 빗발이 되어
어디 기운 무덤 곁에도 든다
흐를 수 없는 것은 우리뿐 아니라
저문 강 언덕에 떠도는 혼이여

그대

서산에 한껏 해가 기우니
흐르는 물은 흐르게 두고
그대만 남아서 무슨 물그늘처럼
상기 내 눈을 지나니
울 때는 맨살로 울며
넋 놓아 흐르니
여울에 잠긴 달 가득히
그대 여읜 얼굴을 이루고
저마다 빛 슬픈 여울이 희고 흰
이 산천을 하나로 적시듯

그대 무덤 곁에서

내 못 가네 흰빛도 서러울 옷깃에
상기 못 놓아 서글픈 손길로
그대는 남아서 이 내 마음속에
산골 그늘밭에도 살아 있을 봄눈처럼
아깝고 깨끗한 사랑으로
그대는 남아서
흰빛도 차가울
그대 그냥 거기 있으니
또한 멀기도 멀 내 사랑의 길
버리고 간다 하고 내 못 가네

사월에

보이지 않는 것은 죽음만이 아니다
굳이 돌에 새긴 피
그 시절의 무덤을 홀로
지키고 있는 것은 석탑石塔뿐
이 땅의 정처 없는 넋이
다만 풀 가운데 누워
풀로서 자라게 한다
봄이 와도 우리가 이룬 것은 없고
죽은 자가 또다시 무엇을 이루겠느냐
봄이 오면 속절없이 찾는 자 하나를
젖은 눈물에 다시 젖게 하려느냐
사월이어

탈춤고 考

지금은 인간적인 것이 그리울 때
액厄은 가서 탈이 남더니라
할 말이 많은 시대에 살매
너무 할 말이 많아서 적막더라
탈이여
한은 어디 두고
얼굴만 가렸는가
이 얼굴 그윽한 어둠이
훤히 하늘을 보노니
침묵을 듣는 자가 알리라
저 하늘엔 구름 둥실
슬픔은 가서 울음만 남고
빈 울음 허탈하매
어깨춤이 되더니라 흥興이여
오 무섭고도 애달픈
흥이여

넋청 請

춤을 추리라
부르는 소리 없이 노래도 없이
그 뉘라서 날 찾는가
날 찾을 이 없건마는
이 땅에 사람 있나
사람 가운데 사람 소리 들리지 않고
대답 소리 없어도
춤을 추리라
아린 말명 쓰린 말명 다 불러서
아으 하고 넘어가는
이승과 저승
열두 곡절 넘나드는 소맷자락아
아리고 쓰린 고통 다 불러서
이 땅에 죽은 영산
춤을 추리라

세한도 歲寒圖

1. 송松
—완당阮堂의 그림을 보며

참솔 가지 몇 개로 견디고 있다
완당阮堂이여
붓까지 얼었던가
생각하면 우리나라의 추위가 이 속에도 있고
누구나 마른 소나무 한 그루로
이 겨울을 서 있어야 한다

2. 죽竹

참대 한 줄기
수식어도 사양했다
겨울이여 생각할수록
주어는 외롭고

아아, 외쳐 불러
느낌표가 되어 있다

난초

오십 줄 내 나이 맑은 어둠을 둘러
어제는 난초 잎 한 줄기가 새로 올라왔다

그 해맑은 수묵색水墨色 차분한 그늘을 데불고
나의 잠 속엔 한밤 내 벌레가 쑤런거린다

난초 잎 한 줄기를 바라보고 있으면
아닌 밤 잠마저 외롭다

2부

비

　비는 내려서 적신다 젖을 수 없는 것을 비는 내려서 혼자 울기도 하다가 혼자 울 수 없는 것의 속을 질러 적시기도 하다가

　비는 내려서 뼈만 남는다 불편한 우리들의 잠은 무너진다 비는 내려서 메마른 시대의 죽어서 외로운 넋을 타고 비는 내려서 그날 죽은 시민과 무너진 지붕에 내린 비는 김 시장市長만 적신 것 아니다 비는 내려서 시민은 죽고 비는 내려서 강변에서 살해된 여자의 피, 그 피는 내려서 그 여자 오빠만 적실 것 아니다 비는 내려서 피는 내려서 긴긴 여름 한철 억수로 내려서 조국의 낡은 지붕을 뚫고 비는 내려서

　적신다 젖을 수 없는 것을 비는 내려서 혼자 울기도 하다가 혼자 울 수 없는 것의 속을 질러 적시기도 하다가

　저 혼자 젖지 않은 비 하나가
　벼랑으로 가는 길을 묻고 있다

항아리

귀를 대보면
누가 부른다
들어오라 들어오라
들여다보면
어둠뿐
나오라
나오라 소리치면
우우우우
낯모를 짐승이 되어
우는 항아리

항아리 속의 어둠을 들여다본다
항아리 속의 어둠을 은폐하는 어둠을 들여다본다
나의 말이 낯모를 짐승이 되어 우는
항아리 속의 어둠이 가진 비열함을 들여다본다
항아리 속의 속임수를 욕하는 나의 어두운 말이
또 다른 짐승이 되어 어디 가서 울지라도

항아리를 깨고

항아리 속 어둠을 으깨서

항아리 속에 퍼부은 내 욕설의 창자와 늑골이

보일 때까지 투명해질 때까지

바람에게

그리고 긴긴 겨울밤이 오면
내 스스로 걸어 나가리라
흰 눈 덮인 들숲의
가막새 까욱대던 거기
바람을 찾아
가고 또 가리라
뼈로서 겨울밤을 지새우리니
뼈와 바람만이 서식棲息하는 그곳을
나는 믿는다
어디서 괴벗은 바람이
골수에 사무쳐서
외오곰 죽은 혼이 내는 목소리도
아주 잘 들려오는구나
나는 믿는다 바람을
바람이 내는 곧은 소리를
거기 흰 눈뿐인 들판을
내 가고야 말리니

말 탄 바람이여 이 밤에 나를 태워

아프게 아프게

채찍을 쳐라

숲 속에 서서

인간의 말을 이해할 수 없을 때
나는 숲을 찾는다
숲에 가서
나무와 풀잎의 말을 듣는다
무언가 수런대는 그들의 목소리를
알 수 없어도
나는 그들의 은유隱喩를 이해할 것 같다
이슬 속에 지는 달과
그들의 신화를,
이슬 속에 뜨는 해와
그들의 역사를,
그들의 신선한 의인법을 나는 알 것 같다
그러나 인간의 말을 이해할 수 없다
인간이기에,
인간의 말을 이해할 수 없는
나는 울면서 두려워하면서 한없이
한없이 여기 서 있다

우리들의 운명을 이끄는
뜨겁고 눈물겨운 은유를 찾아
여기 숲 속에 서서

연기

모든 것을 알았을 때
텅 빈 나의 속
좋이 닦인 거울 앞에 서면
거짓투성이 무너진 살결에서
고독한 나의 흰 뼈
온갖 뜨거움의 끝에
바람에 날린 불티,
나는 연기일세
머뭇거리며
수이 벗어버릴 수 없는 것들의 살갗에
마지막 입술을 비비고
낮은 땅을 가볍게
외줄기로 일어서며
저 먼 무풍의 지대에서
아닌 것과 긴 것
시작과 끝의 사이
거친 물결을 다스려

수평선을 그어두네
오오 분별分別, 너는 나의 산 죽음
나는 흰 뼈의 연기일세
모든 고독의 뼈를 추슬러
은빛 새의 깃을 달고
나는 곧추 떠오르고 있네

탁목조啄木鳥

모른다고 그러는가
석벽石壁에 매달려 새여
주둥이에 피가 배도록
석벽 심장을 쪼아
너, 문이 트이도록, 탁목조여

모른다고 그러는가
처절한 생명의 피가 흐르는 강,
이끼 낀 우리들의 성채城砦,
슬픈 역사의 그 슬픔만큼이나
화려한 궁전, 그늘진
초토焦土 위
낯설지 않은 죽은 혼들

속소리나무 숲을 떠나
석벽을 쪼는 탁목조여
모두들 그러더라, 모른다고

잊힌 시간의 어느 불행,
누군들 돌이키고 싶으랴마는
어느 건물의 초석礎石도 진정
우리들의 것은 아닌 성싶었다

순順에게

나는 안다 순順아
가장 맑고 깊은 샘에도
흙바닥이 있다는 것을,
너도 깨닫고 놀란다
항시 떠 있는 것처럼 보이는
물의 표면도
네가 모르고 내가 모르는 어느 결에
바닥에 뺨을 비볐다

나는 안다 순順아
그리고 너도
비애의 참모습을,
우리가 다 같이 바라보는 샘물 속
우리의 얼굴은 얼굴이 아니다
마른번개가 일고
웃음살은 깨어져
네 눈과 내 눈을 지나는

평생의 낯선 모습이
그늘진 물로서 만나
물로서 헤어져 흐르는구나

석녀石女

어디서 비롯했는가를 말할 수 있는가 비 온 뒤
청람靑藍 젖은 풀잎 위로 걸어오는 빛의 소리
나는 보았지 갑작스런 환락이나 화사한
웃음도 없는 너의 눈 차라리 그윽한
빛의 바다 그 속에 잠겨 내가 있었지

그 속에 잠겨 내가 있고 싶었지 그렇게 무겁고
힘차고 깊고 그리도 넓은 내 새 삶의 태반胎盤
익은 과실의 꼭지처럼 어머니 청초한 당신의
속속 피어린 빛 같은 생기를 떨구고 아무도
모르는 그 숲 속에 잠겨 내가 들어갈 때
야릇하지 생명 없는 석질石質에 피가 돌듯
혼魂에 밤을 내다보던 눈에 훽진 온갖 구석에
싱그런 숲의 향기를 묻혀 오는 조명, 당신이
갖지 않은 습한 내음 더러는 감미롭고
더러는 고통에 역겨운 나의 사랑

나는 알지 또렷한 발길로 네가 돌아선 길
가슴에 두 눈은 투명한 의식처럼 뿌리를 내려
가락처럼 사뿐히 가닿고 싶던 뺨의 언저리
들어가 앉고 싶던 창포菖蒲의 네 속에서 얼음장의
빛이 식어나가는 것을 나는 떨며 보고 있었지

뜨개질

이제 앙상한 내 자신을
어떻게 수식해야 할지 몰라
마른 손 끝으로 빠져나가는
식은 빛의 올을 퉁기며
목관木管을 타듯 나는 뜨개질을 하고 있어
금사金絲의 올들은 맺혀 있고
그 가는 실 끝을 나는 잡고 있어
오 목각木刻의 사내들
그들이 나의 이유는 아니야
그이는 늘 돌아왔지만
나는 항상 떠나고 있어
열어봐요 빗장 걸린 그대
답답증의 세상이 목청을 트듯
저 낱낱의 눈발이 흩날리며 내는 소리
투명한 옷을 몸에 감으며
환히 트이는 나의 전신을
갈참나무 어두운 이맛살에

기어드는 달빛으로
오 빗장 걸린 그대
일상의 옷을 벗고
목관을 타듯 여리고 낮게 흔들리는
저 눈밭의 속삭임처럼
열어줘요

나는 알 수 있어
빠진 코를 바늘 끝에 꿰면서
미봉彌縫할 수 없는 내 자신을
항상 떠나며
그 어느 때도 출발한 적이 없는 나
마른 손 끝에
금사의 올들은 맺혀 있고
그 가는 실 끝을 그대가 잡고 있어
목관을 타듯 투정을 하듯
나는 뜨개질을 하고 있어

바늘귀를 꿰면서

좁은 바늘귀를 통해
평생 어미가 들여다본 세상은
설마 늘 흐린 하늘은 아니었을라
밝고말고

하늘에 비추어
바늘귀를 들여다보면
젊어 외롭던 어미의 눈으로
다 커서 의젓한 석이가
곱살한 색시도 데리고 들어오고
허구한 날
손주 녀석 재롱도 심심치는 않았을라
하마 애비 없는 자식이라
손가락질받을 리야

몇 치의 짧은 바늘로는
타개진 베갯잇을 꿰매듯

쉽사리 꿰맬 수 없는 너 하나를 바라
손끝에 쥔 명주실 한 바람
어미의 질긴 목숨이
마디마디 매듭져 이어져 왔을라

어쩌면 그렇게 제 애비를 빼다 박아
밉살스러운 내 아들 석아
이제 한 자 두어 치나 더 멀어진 바늘귀
그만치 가차와진 하늘로
오늘따라 괘씸한 네 애비 얼굴 어룽지며
수수롭게 지나가기도 한다마는
좁은 바늘귀로
평생 어미가 들여다본 하늘이
설마한들 늘 흐린 세상은 아니었을라
늘 흐린 것 아니었을라

포도알

침묵과 눈물을 위해
말과 심장을 위해
불모의 땅 어느 마당귀에
온갖 노여움을 안으로 응결시킨
포도알이 여무는가
여물어서 터지는가

눈만 큰 소녀여
동자에 어린 네 슬픔처럼은
영문 모를 네 슬픔처럼은
아무도 그렇게 맑은 눈물을
흘릴 수 없는 지금
수염으로 거친 나의 턱은
세상의 다른 바람을 막고
허공을 받쳐 든 시렁 위에 하나
건조한 눈알을 매달아 둔다
포도처럼은 아무도 포도처럼은

그렇게 생생한 기억으로
피워 올릴 수 없는 우리들의 불행이
어느 세찬 물살에 모서리가 닳아 둥글게 되었나

그 속에 별이 뜨고
그 속에 바다가 쓸리고
그 속에서 모든 슬픔이 잠을 깨던
포도알의 말 없는 말같이는
눈동자여
누구도 그렇게 견딜 수 없는 것을
간절히 매달려 네가
응어리졌구나

바다의 마을

거울은 왠지 황량했다
낮이나 밤이나 낮게 서성대는 구름
비 바람 폭설
개들이 짖고 있는 어촌의 뜰에
언제나 우리와 함께 있는 공허

허공을 향해
우리는 그물을 던진다
그물에 걸린
우리의 고독과도 같은
경련하는 신경과도 같은
파도
저녁 무렵 우리가 건져 올리는 바다에서
그물코를 빠져나간
차가운 바람의 한 떼가
구구거리며 해변을 날고 있다

살아 있는 것이라곤

없다
파도뿐
막막한 모래의 메마름과
우리는 함께 있다
바다의 냉정한 잔등에 앉아
채찍을 치듯, 몇 번이고 몇 번이고 싸우며
꺾이며
밤이 오면 완전한 그물에 걸린
우리는 고단한 물고기가 된다

우리는 내내 외로웠다
잔인한 씨앗과도 같이
우리의 핏줄 안에 이상하게 스며 있는
죽음과도 같이
그리고
언제 어디서나 우리와 함께 있는 공허
개들이 짖고 있는 바다의
그해 겨울은 왠지 황량했다

사랑 사설辭說

　가여운 입술이나 손끝으로 매만질 수 없는 사랑의 깊
이를 더러는 우리가 어둑한 심장으로도 느낄 수 있는 것
을 왜 몰라 오늘따라 어설피 흰 살점의 눈 내리고 이 겨
울 우리네 마음같이 어두울 뽕나무 스산한 가지 설운 표
정을 목로에서나 달래는 심정으로 훼훼 탁한 술잔을 흔
들다가는 시나브로 눈발이 흩날리는 거리로 나서보지마
는 언제 우리네 겨울이 인정같이야 따뜻한 것가 어두운
나무에서 반짝이는 눈빛같이야 어차피 반짝일 수 없는
우리네 마음이 아닌 것가 미쳐간 누이의 치마폭에 환히
빛나던 싸리꽃 등속의 그 꾀죄죄한 웃음결만치도 밝게
웃을 수 없다면야 순네의 슬픔에는 순네의 슬픔에 맞는
가락지 우리 모두가 우리네 슬픔에 맞는 사랑을 찾아 잃
어버린 사랑을 찾아 나서볼 일이다

3부

유두流頭

1

이른 유두流頭의 아침 강변으로 나가
거기서 우리는 머리칼을 흘려보냈다
버드나무 아직도 어두운 가지에
머리를 푼 바람의 은은한 수금竪琴이 울고
거기 앉아서 우리도 울며
우리의 눈은 어둡고
아직도 덜 깬 잠의 난간에 매달린 채

잠의 한끝도
잡히지 않는다
나뭇잎 한 장으로 어떻게
은신할 수 있으랴
저 바람은 멀리
수수밭에서 물밀어 오고
바람의 손톱 끝에 상처 난 과거의 사내들이
햇불을 치켜들고 달려와

산발한 우리들의 잠 깊은 머리칼에 불을 지른다

2

죽음은 우리를
각자의 잠 속에 가두었다
아닌 나라 아닌 시대에도
죽음이 만일 우리 자신의 것이라면
만날 수 있으리라 우리,
무덤을 넘어
무덤이 가리키는 죽음도 넘어
혼이 혼을 부르는
여기는 외로운 나라
모든 죽음은 죽어서
각자의 추운 가슴으로 되돌아와
신선한 눈을 뜨고 있다

3

동류東流의 강을 따라 우리는 바다로 내려간다
머리칼은 흐르고 우리도 흐르며
모든 강이 가리키는
저 다갈색 우수에 깃든 바다
덜미를 잡은
손도 보이지 않는다
여기는 억류당한 나라
잠적한 옛 고장의
모든 길은 깊이깊이 매몰되고
소망 밖에서 붉게 울며 떠난 꽃밭
우리들의 신앙은
흰 거품으로 스러져 있다

우리는 보았다
물 위에 앉은 은유의 여자
그녀가 일으키는 파상풍의 파도를

하나의 파멸이 부르는 새로운 파멸처럼
물이 압도한 물
저마다 미숙한 가슴의
온기를 나누던
흰 비둘기는 죽어서
각자의 추운 가슴으로 되돌아왔다
어둡던 하늘의
한 자락은 뜯기어
그 온전한 어둠을 데불고
속 깊이 출렁거린다

4

오 죽어서
더 확고해진 죽음이여 보아라
은비늘의 고기 떼가 그림자처럼 지나는 거기
우리는 다만 침침한 바다 밑을 들여다볼 뿐

바다의 형식도
우리들의 내용도
갇혀 있다
연기뿐인 고장
여기는 외로운 나라
잠적한 도시의
연기를 거두며
내 백성아 거기서 떠나라
흰 거품의 정욕도 거두며 가라

5

혼자뿐인 살을 비비듯 우리는
각자의 추운 가슴으로 되돌아왔다
자욱한 어둠의 한가운데를 들여다보며
몇 번이고 몇 번이고 울며
이른 유두流頭의 아침 강변으로 나가

우리는 출발을 기약했다
꽃이 사윈 꽃그늘의
늘 목마른 연기처럼
아련하여라 영혼이 가꾸는
빈 꽃밭
넓은 잎 청순한
잠은 흔들거리고
그날 아침 강변으로 나가 흘려보낸
머리칼은 흐느껴워
지금도 물살 지며
흐르고 있다

전설傳說 바다

我厭世間榮華久矣 若麤報爲畜 則雅合朕懷矣
- 文武王

멀지 않은 곳에
우리는 바다가 있다는 것을 안다
불운한 시대의
저 다갈색 우수에 깃든 바다에서
용골龍骨의 부서진 어금니는
바랜 우리의 기억을 깨물고
파도는 다시금
부정의 머리를 쳐들고 있다

염분의 오랜 생명을 머금은 채
석관石棺은 굳게 닫혀,
잊힌 시대의 온전한 어둠을 베고
왕이시여, 당신이 잠들 수 없는 밤을
이 바다가 뒤친다
바다의
가장 내밀한 한 자락을 베어낸
그 싱싱한 대나무 피리의 밝은 안에서

누진 비와
파도와
어험스런 우리의 슬픔은 잠들 수 없다

욕된 망령들이 다시금
이끼 낀 흙더미 속에서 자늑거리고
우리가 위험한 뱃전으로 다가갈 때에도
신선한 죽음이 고여 있는
바다는 그 비밀스런 뚜껑을 열지 않는다
노획질의 온갖 시달림과 갈증으로부터
우리를 구원하고자 했던 신라의 왕은
7일 밤이나 어둡던 하늘의 변방
깊숙이 머리를 쳐들더니
상처 난 푸른 배암처럼
발밑에 떨어져 출렁거린다

언젠가 우리 소중한 희망을 채워둔

맑은 빛 그윽한 항아리는
다만 그 부서진 한 조각으로
볕을 쪼이는 마른 게처럼
뜨악히 사라져간 시간의 어느 갯바닥에서
상처 깊은 어둠을 반사하고 있을 뿐

거기
우리가 은신했던 빈 사원과
우리가 정박했던 항구는
자취를 감추었다

해가사 海歌詞

1

바다에서
우리들의 노래는 끝난다
수로水路, 그대의 잠 속에는
흔들리는 물무늬
그대를 위해
꽃을 든 우리들의 손이 사라져서
다시 돌아오지 않는다
한때는 비둘기로 날았을
우리들의 땅이
날개에 깊은 상처를 입었다

2

이 무서움을

기억하리라
철쭉도 노래도 없으니
우리가 가진 말은
침묵뿐
죽어서 외로운 꽃 하나가
빈 밭을 헤매며 울고
어질머리 바다 깊은
그대의 잠, 잠 속에는 한밤 내
어둠이 비가 되어 내린다

비가 와서 어둠뿐인 날
꽃밭은 젖어서 바다가 되고
우리들의 사랑도
꿈도 젖어서 흘러간다
흘러가서는 돌아올 수 없는
거기
모든 강의 뿌리 깊은 발원發源과

지나온 물의 고장,
어린 자식들의 울음소리도
우리는 기억한다

3

여기는 사자死者의 나라
인간이 지녀온 신화,
스러진 우리들의 시대가
묵묵히 젖어 있다
물, 바람, 비, 모래,
살아 있는 것은 이것뿐
그리고 사내들은 실신한다
실신한 자는 젖어서 뿌리가 깊고
땅은 움직일 수 없어
날개를 치지도 않으니

어디서 은화隱花식물의 뿌리가
굳은 우리 가슴에 내린다
우리는 안다 이 끈질긴 절망과
절망 속의 간절한 소망
사자死者의 고장을 지나
그 어두운 밑바닥을 기어 다니며
끊어진 우리들의 손이
고통받은 신경을 어루만진다
사자死者의 거처에선
한 송이 꽃도 보이지 않았다

4

이 은유를 기억하라
모든 물이 합치며
여기서 강이 끝나니

많은 사람들이 여기를 지나갔고
그리고 우리는 내내 외로웠다
시인의 말이 나뭇잎 하나 울릴 바 없어
마른 나뭇잎은 시인을 적시니
금빛 황량한 바다에 잠든
죽은 무명조개 껍질처럼 빛나는
오, 아름다울수록 공허한 우리들의 형식

은유,
직설,
우화,
그러나 이것만으론 부족하다
우리가 우리들의 말도 버리고
수금竪琴도 버리고
우리들의 침묵이 그들의 잠을 깨울 수 있다면
여자같이 멸망할 바빌론아
죽은 자와 여자를 함께 울릴

다른 방법을 찾으리라

5

수로水路, 아직은 수지운 물로 누워
흔들거리는 그대여
출항하는 날, 잃어버린 그대를 보노니
그대는 깊어서
흐르지 않고
그 위를 흐르는 우리들의 공허,
우리가 꽃이 되어
그대 혼에 닿으리니
흐르며 다시 울지 않을 그 땅으로
수로水路여, 우리들의 물길을 트라

불망기 不忘記

내 조국은 식민지
일찍이 이방인이 지배하던 땅에 태어나
지금은 옛 전우가 다스리는 나라
나는 주인이 아니다
어쩌다 아비가 물려준 남루와
목숨뿐
나의 잠은 불편하다
나는 안다 우리들 잠 속의 포르말린 냄새를
잠들 수 없는 내 친구들의 죽음을
죽음 속의 꿈을
그런데 꿈에는 압핀이 꽂혀 있다

그렇다, 조국은 우리에게 노예를 가르쳤다
꿈의 노예를,
나는 안다 이 엄청난 신화를
뼈가 배반한 살, 살이 배반한 뼈를
뼈와 살 사이
이질적인 꿈

꿈의 전쟁,
그런데 우리는 갇혀 있다
신화와 현실의 어중간
포르말린 냄새 나는 꿈속 깊이

사월에, 내 친구는 사살당했다
나는 기억한다 국민학교 시절
그가 책 읽던 소리,
그 죽은 지 십여 년
책을 펴면 포르말린 냄새가 난다
학생들에게 책을 읽히면
죽어서 자유로운 그의 목소리
그런데 여기엔 얼굴이 없다
눈도, 코도, 입도, 귀도,
그런데
소리만 들린다
오 하느님, 하는 소리만

생각난다

어젯밤 붙잡혀 간 시인의 넋두리,

그는 부정한다고 했다

세 번도 더,

소국의 관형사여

제 이름에 붙은 관형사

시인의 관이 무겁다고

머리를 떨구고

이제는 아름다운 말도 가락도 다 잊었다던

그가 돌아오지 않는 밤이 무섭다

그가 돌아올 수 없는 땅이 무섭다

그가 돌아오지 않는 땅에서 사는 내가 무섭다

그러나 나는 결코 아무것도 잊지 않는다

오, 기억하게 하라

우리들의 이름으로 불러보는

자유, 나의 조국아

변신

1

고전古典의 어느 숲을 지나온 강물 위에
지금은 무섭도록 해진 얼굴이 일렁이는데
이것이 글쎄 누구의 얼굴인지
이 강변에서 많은 사람들이 몸을 던지면서
생각해보았는지 몰라
죽은 사람과 죽지 않은 사람
담담한 얼굴을 하고 흘러서는
그렇게 쉽사리 돌아오지는 않을 것

어느 후광後光을 따라나섰을까 조용히
등에 칠성판을 깔고 별이나 헤고 있는지
내성內省의 깊이로 꺼져 들어간 강
그 가늠할 수 없는 깊이에서
우리를 붙잡는 무슨 힘이라도 있는가
내가 왜 빠지고 싶은지 나도 몰라

진주晋州 남강南江 버드나무 가지에
우리가 우리들의 수금竪琴을 걸었느니
여인이여
바빌론의 여러 강변 거기 앉아서
우리가 시온을 기억하며 울었노라

2

광명은 다시 어둠 속에서
신 지핀 누이마냥 난무하던 적과
이방인의 자취를 흡수해 가버렸지만
빛은 언제나 음영陰影을 거느리고 찾아들듯
기껏 우리가 찾은 적은 우리의 벗,
어둠은 항상
새로운 형태로 인식되어야 했다

얼마나 많은 사람들이 우리 속에서 죽었을까

신화와 현실의 어중간에서 우리는 실신失神한다

빛이 외면한 땅속 깊이 욕망의 불을 넣어
그 무던한 밤과 어둠을 지킨
우리가 미련한 짐승의 자식인 탓일까
마늘과 쑥 대신 풀뿌리 나무껍질을 씹으며
너무도 오랫동안
우리는 우리 속에서 우리들과 싸워왔다
우리?
눈물이 나도록 슬픈 상징이여

3

한 번 싱싱하게 핀 적이 없는 잎들의 내부엔
여름 같은 이 겨울을 깨칠 수액樹液이 마른 채
온갖 시새움에 서슬이 시퍼런 신경의 가지 끝
무고無辜했던 내 백성의 머리,

피로에 겨운 스스로의 무게를 가누지 못해
저렇게 숱한 나뭇잎으로
잊고 싶은,
잊고 싶은 기억들이 나부낀다

흡사 성 밑의 가등街燈, 미열微熱이 이는 기류 속으로
몇 마리 나방이가 어둠을 털며 날아들듯

4

그리고 사월이여, 내 자식은 거리에서 죽었다
죽은 이국 시인의 시구가
한국에서 더 절실해지는 사월에
라일락 나무숲 독한 향기 속에

뒤척이는 물결 속에선 총탄이 박힌 머리가
조국이 무섭다고 중얼거리며 떠오르고

목선木船의 짐대가 바람결에 부딪히며
그 옛날 의로운 죽음을 말하고 있을 뿐
거리에서 죽은 혼령들이 속돌에 스민 듯
시가에는 해마다 투석전이 벌어진다
사월이여, 최루탄이 없더라도
우리가 스스로 울어야 할 것을 아는데

5

혁명, 오 너의 엇갈린 문맥
금빛 게으른 소가 알 수 없는 음절들을 반추反芻하고
사〻미 짒대예 올아서 해금奚琴을 혀거를 드로라

데모가 나면 어머니 학교에 안 갈래요
눈이 아픈걸요 다시 곰이나 될까 봐

눈을 뺀다, 빌어라, 빌어라, 눈을 뺀다,

어쩌면 종말 같고
어쩌면 시작 같기도 한 아침,
얄리얄리

오늘의 메뉴는 마늘과 쑥,
얄리얄리

시청 청사 위 비둘기 집은 위태로운 아이러니,
법제화된 집 속에서 천진한 새가 우느니
얄리얄리

우리의 후손들은 우리 안에서 목 잘린
사슴의 이야기를 전설이라 생각할 것인지

6

밤새 우리는 숨을 죽이고 기다렸다

우리가 무엇을 바라는지
그것을 모르는 채
일상의 구획된 거리를 빠져나가며
나날이 개편되는 우리들,
석간夕刊의 늘 위태한 입구에서
집적集積의 우울한 낱말을 손에 쥔다

신라의 불투명한 기왓장으로
사가史家는 매양 역사를 들여다보지만
그대는 아는가
곱게 미칠 수 없던 시대의
그 갈증 나는 아이들은 지금
소리 없는 전쟁의 기류를 타고
하얀 껍데기처럼 흐느끼고 있는 것을

7

글쎄 이것이 정말 거짓말인가 몰라
어항 속에서는 물고기가 익사했다는데
어느 날 우리가 우리 속에서 돌연히 죽을지
우리들의 시대에 아이들이 그런다지
니힐 니힐리아 부르며 그런다지
가르쳐준 것도 귀담아들은 것도 아닌데
노래는 즐겁다, 노래는 끝났다 그런다지
그대 오른손이 다시 수금을 쥐어다오
여인이여, 흐르는 물처럼 그렇게
마디를 풀고 흐를 수 없는 우리
웃기는 웃어도
웃으라면 내가 그렇게 웃기는 하여도
시시로 파고드는 시름의 주둥이를
종이 접듯 안으로 사릴 줄 아는 슬기로
슬픔을 접어 하늘에나 날릴 날이
다시 노래할 날이 있을까 몰라

우리네 슬픔에 맞는 사랑의 갈구

임규찬 **문학평론가**

1

1974년에 간행된 정희성 시집『답청踏靑』을 물끄러미 바라
본다.

시인의 발문도 해설도, 심지어 작가의 사진이나 약력조차
없이 덩그러니 37편의 시만 실린, 천 부 한정판으로 간행된
묘한 시집이다. 사실 필자는 이번에야『답청』을 처음 대면하
였다. 그간, 4년 뒤에 출간된『저문 강에 삽을 씻고』에 일부
재수록된 시편을 통해『답청』의 한 자락을 만졌을 따름이다.
그런데 출간된 지 20년도 넘어서야 뒤늦게 시집 원본을 맞대
면하는 일은 확실히 남다른 체험이었다.

거기 그렇게 서른 살의 한 청년이 얼굴도 없이 언어로만 서 있었다.

'踏靑'이란 푸른빛 도는 제목 밑에(희한하게도 시집 표지엔 시인의 이름도 없다) 붓으로 단숨에 휘갈겨 쓴 듯한 질박한 문양. 두 손으로 머리를 감싸고 등을 휘어 머리와 무릎을 바닥에 대고 있는 형상이다. 전신에 자진하는 고뇌의 표정이 역력한데, 이 추상화된 화폭에서 마치 시인의 시가 육체로 환시되는 듯하다. 가령 「넋청請」이란 시 속의 애절양처럼 한 젊은 사내의 마음이 뭉클 잡혀 온다.

춤을 추리라
부르는 소리 없이 노래도 없이
그 뉘라서 날 찾는가
날 찾을 이 없건마는
이 땅에 사람 있나
사람 가운데 사람 소리 들리지 않고
대답 소리 없어도
춤을 추리라
아린 말명 쓰린 말명 다 불러서
아으 하고 넘어가는
이승과 저승

열두 곡절 넘나드는 소맷자락아

아리고 쓰린 고통 다 불러서

이 땅에 죽은 영산

춤을 추리라

　　—「넋청請」전문

　어찌하여 열두거리굿 중 열한 번째 '말명'의 고빗길에 이 청년은 제 육신을 들여앉혀 춤을 추는 것일까. 1970년대가 흐린 하늘처럼 떠오르며, 꿈에도 "압핀이 꽂혀 있다"(「불망기不忘記」)는 1970년대가 하나의 "이 땅에 죽은 영산"으로 환생한다. 그리고 거기 "불모의 땅 어느 마당귀에 / 온갖 노여움을 안으로 응결시킨 / 포도알"(「포도알」)과 같은 언어의 굿판이 벌어지고, 아니 "주둥이에 피가 배도록 / 석벽 심장을 쪼아 / 너, 문이 트이도록, 탁목조여"(「탁목조啄木鳥」)를 외치는 영혼의 새가 아프게 비상한다.

　그래서 『답청』을 읽다가 또 『저문 강에 삽을 씻고』 『한 그리움이 다른 그리움에게』를 읽고, 다시 『답청』을 읽는다. 그런 동안 "우리네 슬픔에 맞는 사랑을 찾아 잃어버린 사랑을 찾아 나"(「사랑 사설辭說」)선, 막 서른에 진입한 한 청년에서, "돌아보면 아득한 사십오 년 / 파쇼 체제 아래서 / 머리털이 다 빠"(「잠 못 드는 밤에」)진 중년에 이르기까지의 한 운명이 떠오른다. 그리고 문득 지난날 내 가슴을 치던 「8·15를 위한 북소리」를 물끄러미 바라다본다. 오래된 카세트테이프 하나를 꺼내 틀어놓고선 이제는 고인이 되신 성래운 선생의 낭랑한 목청에 실어 그 북소리를 듣는다.

  북을 치되 잡스러이 치지 말고 똑 이렇게 치렷다
  쿵
  부자유를 위해
  쿵딱
  식민주의와 그 모든 괴뢰를 위해

  하나가 되려는
  우리들의 꿈
  우리들의 사랑을 갈라놓는
  저들의 음모를 위해
  쉬
  저들의 부동산과 평화로운 잠을 위해
  ─「8·15를 위한 북소리」 부분

"아름다움이 온전히 아름다움으로 보이지 않"(「눈보라 속에서」)던 시절, 시인의 말마따나 "이루지 못한 꿈의 빛깔로 /

낙엽은 저렇게 떨어져 / 가을은 차라리 / 우리들의 감동"(「침묵」)이던 시절. 그리하여 "북을 쳐라 / 바다여 춤춰라 / 오오 그날이 오면 / 겨울이 우리에게 가르쳐준 / 모든 언어, 모든 은유를 폐하리라"(「8·15를 위한 북소리」)고 눈 붉어지며 두 손 움켜쥐던 한 시대의 풍경 속에 어느덧 나 또한 부유한다.

사실 지금까지 내 마음속 깊이 인화된 정희성의 시는, 대다수 사람들처럼 「저문 강에 삽을 씻고」와 「8·15를 위한 북소리」였다고 해도 과언이 아니다. 그리고 어쩌면 이 두 편만으로도 「빼앗긴 들에도 봄은 오는가」의 이상화나 「그날이 오면」의 심훈처럼 한 시대를 상징하는 행복한 시인으로 기억되지 않을까 생각해보기도 했다. 『답청』을 논하는 자리에서 이들 시에 대해 이야기할 겨를이 없지만, 이들 시편은 확실히 7, 80년대를 가로지르는 시맥詩脈의 한 봉우리임에 틀림없다. 그리고 그런 봉우리가 평지돌출한 것이 아니고 하나의 운명일 수밖에 없음을 『답청』은 말없이 말해주었다.

2

귀를 대보면
누가 부른다

들어오라 들어오라
들여다보면
어둠뿐
나오라
나오라 소리치면
우우우우
낯모를 짐승이 되어
우는 항아리
　　　　　　　　　ㅡ「항아리」1연

　시가 자기표현의 시로 온전히 귀착되는 경우, 그것은 세상
속에서 시인 스스로 자기동일성을 향한 향수와 갈망을 저버
릴 수 없기에 그 자신이 인간의 시간이 되고자 애써 열병에
시달린 탓이다. 말하자면 윤동주의 「자화상」이 보여주듯 스
스로 진정한 자기 자신이 되려는 성찰의 자기투시이다.
　시인은 여기서 여러 욕망이나 사고, 감정 혹은 환상들로
옭혀, 부단히 요동하는 자기 내부의 소란과 충동을 직시한
다. 시인은 그러한 자아를 저만큼 냉정히 밀쳐놓고 단호히
항아리로 사물화한다. 동시에 자아는 일시 무엇이 들어 있는
지 모를 하나의 정지된 자아 상태로 은유되면서 "어둠"과 "낯
모를 짐승"의 누적되는 극심한 자기반란 속으로 더욱 밀치고

들어간다. 그리하여 끝내 스스로 선을 그었던 "항아리를 깨고 / 항아리 속 어둠을 으깨서 / 항아리 속에 퍼부은 내 욕설의 창자와 늑골이 / 보일 때까지 투명해질 때까지"에 이르러 자기동일성의 각覺은 이루어진다. 다산茶山 선생이 일찍이 「수오재기守吾齋記」에서 말한 바와 참으로 일치하는 대목이다. 나와 굳게 맺어져 있어 서로 떨어질 수 없는 것으로는 나보다 절실한 것이 없는 것 같으나, "유독 이른바 나라는 것은 그 성품이 달아나기를 잘하여 드나듦에 일정한 법칙이 없다. 아주 친밀하게 붙어 있어서 서로 배반하지 못할 것 같으나 삼시라도 살피지 않으면 어느 곳이든 가지 않는 곳이 없다. (……) 한번 가면 돌아올 줄을 몰라 붙잡아 만류할 수 없다. 그러므로 세상에서 가장 잃어버리기 쉬운 것이 나 같은 것이 없다. 어찌 실과 끈으로 매고 빗장과 자물쇠로 잠가서 굳게 지켜야 하지 않겠는가".

그 점에서 "모든 것을 알았을 때 / 텅 빈 나의 속 / 좋이 닦인 거울 앞에 서면 / 거짓투성이 무너진 살결에서 / 고독한 나의 흰 뼈 / 온갖 뜨거움의 끝에 / 바람에 날린 불티, / 나는 연기일세"로 시작되어, "오오 분별分別, 너는 나의 산 죽음 / 나는 흰 뼈의 연기일세 / 모든 고독의 뼈를 추슬러 / 은빛 새의 깃을 달고 / 나는 곧추 떠오르고 있네"로 마무리되는 「연기」도 「항아리」와 같은 철저한 자기성찰의 예가 될 것이다

91

(그 외에 「술」 「바람에게」 등도 이 범주에 속한다).

흔히 정희성 시인을 두고 지조 있는 선비, 지사에 비유하곤 하는데, 그것은 이러한 '수신修身'의 철저한 수양과 시학이 근저에 뿌리내리고 있기 때문이다. (사실 정희성 시인은 안과 밖이 서로 투명하여 오히려 심심할 지경이다. 그와 오랜 교분을 나눈 신경림은 이렇게 말한다. "그의 시는 사람됨처럼 단단하고 찬찬하며, 깐깐하고 곧고 굳다. 교언영색도 허장성세도 없고, 허풍도 엄살도 없다.") 실제로 지사적 풍모를 직접 시로 드러낸 경우도 없지 않다. 윤봉길에 대한 일종의 추모시라 할 수 있는 「매헌梅軒 옛집에 들어」를 보자.

> 매헌梅軒 옛집에 들어 지난 일을 연애憐愛하노니
> 나라는 기울어
> 매화 향기 홀로 아득하고
> 찢어진 문풍지엔 바람과 비만 있구나
> 오늘 밤 덕산德山의 달이
> 아아라히 아름다운 이의 얼굴로 젖어 있고
> 이 나라여 외쳐 불러
> 눈물이 손에 가득하다
> 죽은 자여, 그대 넋이 아무리 홀로 있어도
> 불운한 시절에 다시 만나리라

—「매헌梅軒 옛집에 들어」 전문

　　제목에서부터 '들러'가 아니고 '들어'로 표현한 대목도 심
상치 않거니와, 마치 한시漢詩를 번역한 듯한 시적 분위기,
지사 시인으로 널리 알려진 이육사의 「광야」 속 한 구절("나
라는 기울어 / 매화 향기 홀로 아득하고")을 그대로 차용한 것이
나, 시 전체가 풍기는 이미지, 그리고 마지막 구절, "죽은 자
여, 그대 넋이 아무리 홀로 있어도 / 불운한 시절에 다시 만
나리라"는 데서 알 수 있듯이 윤봉길의 실천적 행위 양식보
다는 정신과 지조를 먼저 부여잡는 시인의 심리 상태에서 이
를 쉽사리 감지할 수 있을 것이다.

　　그 점에서 "내 조국은 식민지 / 일찍이 이방인이 지배하던
땅에 태어나 / 지금은 옛 전우가 다스리는 나라 / 나는 주인
이 아니다"로 시작하는 「불망기」는 그의 시적 전개 과정을
이야기하는 데서 중요한 단서가 된다. 『답청』에 실린 시 중
극히 예외에 속하는 이 시에서 그는 자신의 현실 인식을 지
사적 태도로 명징하게 드러냄으로써 우리는 당대의 어둠을
역사적 지평에서 또렷하게 마주할 수 있다. 그리고 그런 현
실 인식으로 이후 『저문 강에 삽을 씻고』와 『한 그리움이 다
른 그리움에게』에서 자유를 갈망하고(「너를 부르마」), "증오
할 것을 증오"하면서(「이곳에 살기 위하여」), 마침내 「8·15를

위한 북소리」를 장엄하게 울리기까지 한 것이다.

 실제로 시인은『저문 강에 삽을 씻고』의 후기에서 "역사의 발전을 믿고 이 땅의 여러 가지 어려운 현실 속에서도 무언가를 이룩해보겠다고 발버둥 치는 양심적인 사람들의 문학과 행동을 뒤늦게나마 자각된 눈으로 바라볼 수 있게 된 것"을 기쁘게 생각한다며,『답청』의 시 세계를 부정하고 싶다는 말을 한 바 있다. 그럼에도 사실 그의 시가 크게 변했다거나 근본적인 단절을 보인 것은 아니다. 오히려 지식인의 현실 참여를 시 본질로 자리 잡게 하면서도 그것이 관념화되거나 상투화되지 않았다는 점이 더욱 중요한데, 그러한 동력이 이미『답청』에 예비되었다는 것이 필자의 생각이다. 그는「불망기」에서도 투철한 현실 인식 못지않게 갈등하는 자아의 현실적 내면을 "포르말린 냄새"에 빗대어 표현하고 있다. 이 "포르말린 냄새"가 환기하는 바는 여러 가지 것이겠지만, 필자에게는 삶 속에서 부단히 갈등하는 현재적 자아와 시대의 길항 관계가 내뿜는 "포르말린 냄새"야말로 삶의 구체성과 현재성으로부터의 일탈을 한 치도 허용하지 않으려는 시적 표상으로 읽혔다.

 이 점에서『한 그리움이 다른 그리움에게』의 후기에서 시인 스스로 밝히고 있는 일상적 깨달음의 중요성은『답청』의 시 세계와 결코 무관치 않다. 아니, 정희성 시인의 보이지 않는 지하 수맥과도 같을 것이다.

　　살아오면서 모서리가 닳고 뻔뻔스러워진 탓도 없지 않
으리라. 입술을 깨물면서 나는 다시 시의 날을 벼린다. 일
상을 그냥 일상으로 치부해버리는 한 거기에 시는 없다.
일상 속에서 심상치 않은 인생의 기미를 발견해내는 일이
야말로 지금 나에게 맡겨진 몫이 아닐까 싶다. 나는 작은
목소리로 외친다.
　　―『한 그리움이 다른 그리움에게』 후기

　　그래서 시집 『답청』의 주류를 이루는 자연을 대상으로 한
시도 단순한 자연시나 관찰시를 훌쩍 넘어선다. 오히려 정희
성의 시는 고전적 의미의 명상시에 충실한 면모를 보여준다.
이른바 깨인 마음이란 마음이 자기의 내면과 주변 세계에서
일어나는 그대로의 삶의 과정에 조율된 완전히 맑고 개방적
인 마음으로 이야기된다. 자아를 잃지 않고, 혹은 대상화하
지 않고 자기 안에 온전히 대상을 끌어들여 둥우리를 틀게
하는, 그리하여 어찌할 바 없이 제 새끼를 낳게 하는 잉태의
과정이 거기 있다. 바로 그런 깨달음이 바탕을 이루기에 그
는 우리가 생 전체로부터 근본적으로 분리되어 있지 않음을
어느 순간에서나, 어떤 대상에서나 발견한다. 말하자면 정희

성은 우리 자신 속에서 세계를, 그리고 세계 속에서 우리 자신을 발견하게 된다는 사실을 작은 목소리로 또렷하게 들려준다.

인간의 말을 이해할 수 없을 때
나는 숲을 찾는다
숲에 가서
나무와 풀잎의 말을 듣는다
무언가 수런대는 그들의 목소리를
알 수 없어도
나는 그들의 은유隱喩를 이해할 것 같다
이슬 속에 지는 달과
그들의 신화를,
이슬 속에 뜨는 해와
그들의 역사를,
그들의 신선한 의인법을 나는 알 것 같다
그러나 인간의 말을 이해할 수 없다
인간이기에,
인간의 말을 이해할 수 없는
나는 울면서 두려워하면서 한없이
한없이 여기 서 있다

우리들의 운명을 이끄는
뜨겁고 눈물겨운 은유를 찾아
여기 숲 속에 서서
　—「숲 속에 서서」 전문

　특별한 설명이 필요 없이 쉽사리 의미가 잡히는, 정희성의
시로서는 비교적 단순 명료한 시이다. 그러나 의미 면에서가
아니라 이 시는 정희성의 시작상의 핵심을 잘 드러내 주는
시가 아닌가 한다. 말하자면 그의 시 세계는 자신을 포함한
인간세계에 주안점을 둔 시와 자연 세계에 주안점을 둔 시로
크게 대별할 수 있는데, 그 비중의 차이에도 불구하고 이 양
자를 넘나들게 하는 매개물이자 시의 주춧돌이 바로 '은유'이
다. 단순한 비유적 의미에서의 은유가 아니라, '우리들의 운
명을 이끄는 은유'야말로 김수영이 말한바 언어의 서술과 언
어의 작용이 한데 부딪치면서 불타는 생성의 장소인 것이다.
그래서 「8·15를 위한 북소리」의 시구에서처럼 은유조차 폐
하려고 하는 것이다.
　가령 청명날, 교외를 산책하며 풀 밟기를 통하여 봄을 맞
이하는 전래 풍속의 모티브를 차용한, 표제작 「답청」을 보자.
"풀을 밟아라 / 들녘엔 매 맞은 풀 / 맞을수록 시퍼런 / 봄이
온다". 아마도 시를 읽어나가면서 우리는 이상화와 김수영의

시를 쉽사리 떠올릴 것이다. 이들 시보다도 훨씬 간명한 표현 속에서 '풀'은 민초의 상징물로서 강인하면서도 명징한 인상을 부여한다. '풀'을 '피명'으로 치환하여 환기시키는 '매맞는' 민중의 고통, 그리고 그 속에서 다시 더 강력한 생명력으로 재생되는 '시퍼런', 그리고 '봄'. 이런 역동과 역설, 팽팽한 긴장의 압축적 힘은 "봄이 와도 우리가 이룰 수 없어 / 봄은 스스로 풀밭을 이루었다"에서 한순간 정지되어 깊은 숨을 내쉬면서 동시에 더 큰 우주의 운동으로 바뀌는 고요한 태풍의 눈을 형성한다.

「숲 속에 서서」와 마찬가지로 '봄'과 '우리', 자연과 인간 사이의 대조는 사실 정희성 시의 한 특징이다. 유독 자연물의 형상에서는 '흐르다', '오다', '내리다'와 같은 자동사를 빈번히 활용한다. 반면 인간세계를 향한 형상으로 오면 "밟아라", "담으려 한다", "춤을 추리라"와 같은 청유형, 다짐형의 동사를 구사한다. 이미 잘 알려진 대로 이러한 대조는 '자연의 스스로 이룸'과 '인간세계의 이룰 수 없음'의 대조이다. 여기서 정희성은 인간세계의 부조리와 모순에 맞대면하여 그 안에 자연의 세계를 품어 조용한 혁명을 꿈꾸는바, 이를 두고 김영무는 "거역과 순명順命의 체험 구조"라 명명하기도 했다.

이 점에서 하나의 가족군 시로서 「얼은 강을 건너며」「병상에서」「제망령가祭亡靈歌」등을 동시에 검토해보는 것도 필요하다. 특히「얼은 강을 건너며」는「답청」의 '밟다'보다 더 행위적인 '깨다'로 나아가면서 "우리가 스스로 흐르는 강을 이루고 / 물이 제 소리를 이룰 때까지" 적극적인 의지로 나아가고 있다. 그리고 그것은「병상에서」에 이르면 결과를 두려워하지 않고 더 넓은 세계를 꿈꾸는, "밖에는 실패하려고 더 큰 강이 흐른다"로 이어진다. 결국 이런 실천적 통일의 세계에 이르러 정신과 육체, 인간과 자연, 내용과 형식이 융합된, 말하자면 정신화된 육체, 인간화된 자연, 내용화된 형식, 바로 온몸의 시학으로, 한 그루의 나무와도 같은 구체적 생명체가 되는 것이다.

> 참대 한 줄기
> 수식어도 사양했다
> 겨울이여 생각할수록
> 주어는 외롭고
> 아아, 외쳐 불러
> 느낌표가 되어 있다
> ─「세한도歲寒圖」중 '2. 죽竹'

대나무란 자연물 자체를 아주 짧은 시형 속에 담아낸 이 시편에서 우리는 대나무가 주는 지조와 절개의 이미지를 강렬하게 대면할 수 있다. 매우 추상적인 표현이지만 '수식어의 배제, 겨울, 주어의 외로움'은 서로 자연스러운 연상 작용 속에서 서로를 일으켜 세워 하나의 세계를 만들어나간다. 그리고 마지막 구절, 특히 "느낌표"는 대나무의 마디마디를 연상시키며 일거에 구체성을 획득하면서 정신화된 육체, 바로 '대쪽 인간'을 빚어낸다. 이 시에서 보여주듯 그의 시는 과육마저 철저히 배제해버린 열매 자체와도 같은 단단한, 그 자체로 완결된 닫힌 구조를 지향한다. 그러나 그 속에서 씨눈이 때가 되면 싹을 틔우고 나무로 커나가듯 생성하는 큰 세계가 도사리고 있는 것이다. 복합적인 의미와 다층적인 상징으로 빈틈없이 연결되고 압축된 언어 구조 속에 조용한 세포 분열이 일어나고 있는 것이다. 좋은 작품은 홀로 서서 의미를 구현함을 실감케 해준다.

실제로 이 시의 구절 하나하나 정희성의 시적 특질을 대변해주는 것들이기도 하다. 언어 하나하나가 어느 누구나 쉽게 채집할 수 있는 쉬운 말이며 거기에 특별한 꾸밈도 없는, 매우 건조한 말들이다. 간혹 특이한 한자어를 구사하기도 하지만 그 말 자체 역시 건조하다. 그러나 그런 건조함은 겉으로의 문제이지 시 전체로, 무엇보다 깊이로 가라앉다 보면 본질 자체를 무섭게 투시하는 수직적 확산을 이룸으로써 놀

라운 변신을 촉발한다. 특히 '겨울'이나 '주어의 외로움'과 이것이 맞물리면서 전형적 환경으로서의 토양 역할을 자연스럽게 수행한다. '겨울'이나 '주어의 외로움'과 같은 것 역시 그의 어느 시에서도 마주할 수 있는 것으로서 세계와 시대와 인간, 이 모든 것을 상징화하는 은유로서, 혹은 정서의 샘터로서 시의 물줄기를 형성한다. 자기를 늘 채찍질하면서도 자기과잉을 일절 허용하지 않는 것도 자기 자신을 시대의 아들로 곧추세웠기 때문이다. 가령 「세한도」의 '1. 송松'에서 마지막 구절처럼 "누구나 마른 소나무 한 그루로 / 이 겨울을 서 있어야 한다".

3

시인 타고르는 일찍이 그를 찾아온 식민지 조선의 한 청년이 "한국의 힘은 그 슬픔 속에서 솟아오르는 힘이다"라고 한 말에 깊은 감명을 받았다고 한다. 아마도 이 말을 듣는 순간 우리는 수많은 시인들을 떠올리게 될 것이다. 정희성의 시역시 그런 전통을 배반치 않고, 슬픔 속에서 힘을 만들어낸다. 그러나 그는 애수의 시인도, 격정의 시인도 아니다. 자기 담금질의 냉철한 시적 이성과 실천으로 허무와 분노의 피를

다스려 절제된 상상력의 질서계를 구축함으로써 시 본연의 오랜 전통과 호흡을 같이한다. 그 결과 오늘의 우리가 보기에 앞서 살았던 수많은 시인의 숨소리가 그의 시 속에 자연스럽게 녹아 들어가 있음을 감지할 수 있다.

사실 그의 시적 역정을 보면 그는 자기로부터 나오는 정직한 길을 택한 셈이다. 앞서 『답청』의 시 세계를 부정하고 싶다는 작가의 이야기를 지적한 바 있지만, 이 점과 무관치 않은 것이 비교적 초기 시에 보이는 고전 취향의 시들일 것이다.

「변신」「전설傳說 바다」「해가사海歌詞」「탈춤고考」「사랑사설辭說」 등 이미 제목에서부터 엿볼 수 있는 고전 취향은 작가의 이력과 견주어 보면 대학원에서 한국고전문학을 공부했던 경력과 뗄 수 없는 연관을 맺고 있다. 실제로 이들 시는 시인 자신이 성취한 일반적인 시적 특질과 명백히 구별되는 몇몇 특징을 보여주고 있다. 우선 시가 외형적으로 길다는 것과 시적 자아를 개인적 측면에서 바라보면서 적잖이 관념화되어 있다는 사실이다. 그러나 이러한 특징은 『답청』 내부에서 다른 한편으로 극복되고 있고, 『저문 강에 삽을 씻고』 이후 거의 완전히 결별한다. (비교적 자기 안에 갇혀 관념성과 감상성을 강하게 내보인 작품들로 「숙경이의 달」「그대」「그대 무덤 곁에서」「비」「석녀石女」「순順에게」「바다의 마을」 등을 거론할 수 있을 것이다. 그리고 이들 시에서 다른 시들보다 훨씬 우울한 허무가 매만져지는 것도 특징이라면 특징이다.) 이 점에서 『답청』이 평균적으로 도달한 자리와 그 이후 시의 거리는 「노천露天」과 「저문 강에 삽을 씻고」를 비교하면 어느 정도 짐작할 수 있을 것이다.

삽을 깔고 앉아
시청 청사 위 비둘기 집을 본다
쩡쩡한 여름 하늘에
손뼉을 치며 날아오르는 비둘기 떼
그 너머 붉은 산비탈엔
엇저녁 철거당한 내 집터가
내 손의 흠집처럼 불볕에 탄다
(……)
비둘기야, 나는 울어도 좋으냐
엎드려서 짐승같이 울어도 좋으냐
—「노천露天」 부분

흐르는 것이 물뿐이랴
우리가 저와 같아서
강변에 나가 삽을 씻으며

거기 슬픔도 퍼다 버린다

(……)

삽자루에 맡긴 한 생애가

이렇게 저물고, 저물어서

샛강바닥 썩은 물에

달이 뜨는구나

우리가 저와 같아서

흐르는 물에 삽을 씻고

먹을 것 없는 사람들의 마을로

다시 어두워 돌아가야 한다

　　　　　　　―「저문 강에 삽을 씻고」부분

　「노천」에서는 앞서 본 대로 '자연 대 인간'의 대립 구조가
선명히 금 그어져 있다. "비둘기 집"과 "철거당한 내 집터",
"너는 숨죽여 울지 않아도 좋다"와 "나는 울어도 좋으냐"의
대비를 보라. 그러나 「저문 강에 삽을 씻고」에 오면 이미 「얼
은 강을 건너며」에서 보여주었던 "우리가 스스로 흐르는 강
을 이루고 / 물이 제 소리를 이룰 때까지"에서 출발한다. 말
하자면 현실의 부조리에도 불구하고 오히려 부조리로 인해
더욱 탄탄해지는 인간(민중)에 대한 믿음이 그 바탕을 이루고
있다. 그에 따라 '삽'의 의미망도 달라진다. 전자가 일용 노동

자를 상기시키는 시적 소도구에 그친 데 비해, 후자는 그것을 뛰어넘어 노동의 신성함과 삶 자체를 상징하는 의미로 기능한다. 물론 두 시 모두 다 슬픔의 미학을 내보인다. 그러나 유사한 시적 화자에다 동일하게 직접화법을 구사함에도 불구하고 전자의 슬픔이 비극적 광경에 대한 관찰자의 연민으로, 그래서 다소 성급하게 분노의 감정으로 다가온 데 비해, 후자의 슬픔은 당사자 스스로 체득한 삶의 깊이에서 우러나온 체관과 지족知足의 경지를 자연스럽게 느끼게 해준다. 하여 거센 듯하면서도 잔잔한 물결이 서로 뒤섞여 마치 물이 흐르듯 밀고 당기고 스스로 보듬는 자연스런 삶의 흐름을 느끼게 해준다. 이 점에서 한 지식인이 어떻게 민중 의식을 획득하며 스스로 민중적 삶을 어떻게 올곧게 구축하는가를 우리는 엿볼 수 있다. 후자의 시가 전자보다 강세가 훨씬 덜하지만, 그리고 더 하찮아 보이는 마음의 무늬 같지만 그런 하찮은 일상의 진부함과 반복성 안에서 분糞이 움菌을 키우듯 삶의 진실을 길어내는 시인의 순정한 마음이 거기 있다.

　사실 이런 차이는 인간세계의 삶을 주시하는『답청』의 시편들, 가령「백 씨白氏의 뼈」1·2,「추석 달」에서도 감지할 수 있다. 다만 어머니를 대상화하여 형상화한「바늘귀를 꿰면서」가 상대적으로 깊은 감동을 주는 것은 시인 자신의 체험과 관련이 깊을 것이다. 그러나 어쨌든 스스로 낮은 자리로 내려와 세상의 슬픔과 체온을 함께 나누고자 하는 순정한 마음, '우리네 슬픔에 맞는 사랑'에 대한 갈구야말로 『답청』을 부단히 부정하면서 『답청』을 결국 껴안는 시인 자신의 시심詩心일 것이다. 스스로 은유마저 부정하려는 치열성이 더 크고 깊은 은유를 찾으려는 것과 마찬가지로, 그런 마음과 사랑이 그를 밀고 시를 밀고 간다. 아니, 왔던 것이다.

답청

초판 1쇄 2014년 2월 7일
지은이 정희성
펴낸이 김영재
펴낸곳 책만드는집

주소 서울 마포구 합정동 428−49번지 4층 (121−887)
전화 3142−1585·6
팩스 336−8908
전자우편 chaekjip@naver.com
출판등록 1994년 1월 13일 제10−927호
ⓒ 정희성, 2014

ISBN 978−89−7944−464−3 (04810)
ISBN 978−89−7944−354−7 (세트)